KB176360

마음 비석에 새긴 노래

푸른시인선 026

마음 비석에 새긴 노래

초판 1쇄 인쇄 · 2023년 12월 26일
초판 1쇄 발행 · 2023년 12월 31일

지은이 · 정정호
펴낸이 · 김화정
펴낸곳 · 푸른생각

편집 · 지순이 | 교정 · 김수란, 노현정
등록 · 1999년 7월 8일 제2-2876호
주소 · 서울시 중구 충무로 29, 아시아미디어타워 502호
대표전화 · 031) 955-9111(2) | 팩시밀리 · 031) 955-9114
이메일 · prun21c@hanmail.net
홈페이지 · http://www.prun21c.com

ISBN 979-11-92149-41-7 03810
값 12,000원

푸른
시인선
026

마음 비석에 새긴 노래

정정호 시집

PRSG

| 서시 |

시를 쓰는 것은 드디어 나를 벗어나
나에게서 떠나는 순례의 시작이다.

어느 날 어디선가 목소리가 들려왔다.
"정호야, 네가 어디 있느냐?"
"제가 여기 있나이다" 하고 선뜻 나서지 못했다.
나서기가 조금은 부끄럽고 어색하여

나 자신의 어떤 부분을 숨기고 살았다.
그 이후 오랫동안 나도 모르게
나의 삶은 그렇게 굳어갔고
나는 내 마음과 영혼의 속살을 숨겼다

그저 모국어로 내 마음의 그림을 그리고
내 영혼의 음악을 연주하고 싶을 뿐이다.
시는 의식적으로 제작하기보다
무의식적으로 써 내려가는 것이 아닐까?

내가 시를 읽거나 쓰는 순간만은
사무사(思無邪)의 역동적 시공간이다.
내가 쓰는 시들이 점이 되었다가
선으로 이어지다 원이 되어 영원회귀되었으면.

"나의 전성기는 아직 오지 않았다"며
철없는 흥분을 느낀다.
시인 되기는 결국 어린이 되기이리라.
많이 기쁘고 즐거운.

시를 짓는 것은 결국 나를 벗어나
다시 나에게로 돌아오는 순례의 완성이다.

2023년 8월
무더위와 장마의 한가운데서
소무아(笑舞兒)

| 차례 |

제3부 피천득 산책로에서

제4부 청량대 연가

제5부 혀의 불꽃놀이

제6부 시간 사냥

제7부 나무 되기

제8부 사냥개에 쫓기던 나는

제1부

나의 바람개비

서해 바다에서 부는 바람

어린 시절 내가 살던 집 뒤 언덕 위 올라가면
어김없이 황해 쪽에서 바닷바람이 불어왔다.
서울이 가까워 서양 문물이 일찍 들어온 제물포항
내가 들고 올라간 바람개비는 힘차게 돌았다.

서해 바다 바람은 염전 위를 지나오니 짭짤했다.
6 · 25전쟁 휴전으로 우리 가족이 정착했던 곳
궁핍한 시대 가난한 소년은 갈망 속에 살았다.
서해, 중국, 중앙아시아에서도 한참 가야 있는 곳

호기심 많은 한 소년의 뜨거운 갈망은
비루한 살림살이를 뒤덮는 서해 바람 타고
상상의 배를 타고 미지의 세계로 끊임없이 나가
수평선을 넘어 구름을 타고 어디론가 계속 날고 있었다.

60년도 지난 지금 인천 응봉산 꼭대기에
세워진 자유공원에서 월미도 바다 너머를 살핀다.
어린 시절의 갈망은 아직도 식지 않고 내 가슴에 남아 있다.
나는 영원히 소년 되어 더 이상 늙지 않으리

양잿물과 얼음

"엄마는 하늘의 힘 받아 나를 낳으시니
엄마는 나에게 생명을 주셨지."

아빠 아직 전쟁터에서 계시고
엄마는 배다리시장에서
대야에 생선을 놓고 팔았다.
나는 매일 엄마를 따라다녔다.

무더운 여름 어느 날
엄마 몸뻬 바지 자락을
슬그머니 놓고 빠져나와
나 혼자 거리를 어슬렁거렸다.

얼마 안 가서 어떤 아저씨가
얼음 깨는 소리가 들렸다.
나는 쪼그리고 앉아 구경하고 있었다.
아저씨가 깨다 말고 안으로 잠깐 들어갔다.

나는 얼른 얼음 하나를 집어 들고 튀었다.

나는 얼음을 입에 넣었다.
그리곤 곧장 쓰러졌다.
그것은 양잿물이었다.

엄마는 맨발로 나를 등에 업고
배다리시장 바닥을 미친년처럼 뛰어
로터리에 병원으로 갔다.
다행히 삼키지 않아 생명을 건졌다.

"엄마, 엄마가 나를 살렸어
엄마는 또 내 생명의 은인이야."

고춧잎나물

시골길을 오랫동안 드라이브하다
아주 누추한 작은 식당에 들어갔다.
속은 겉과 다르게 담박하고 아늑했다.

식당 주인 부부는 겸손하고 친절했다.
우리가 주문한 고등어조림이 나왔다.
정성까지 더해져 그 맛이 남달랐다.

정결하게 담아온 몇 가지 반찬 중에서
내 눈을 번쩍 뜨게 하는 나물이 있었다.
수십 년 만에 맛보는 고춧잎 나물이다

내 어릴 때 채마밭에서 고춧잎 따다
엄마께 드리면 맛깔스런 나물이 되었다.
그 향취가 60년 전으로 날 데려간다.

어릴 때 들었던 소리에 다시 깨어나듯이
고춧잎나물은 나를 먼 과거로 데려간다.
나물의 미각과 후각은 나를 부활시킨다.

나는 홀린 기분으로 식사를 마쳤다.
밖에서 상호를 보니 '우리동네'이다.
나는 오래전 우리 집 밥상에 앉아 있었다.

곱슬머리의 추억

어려서 오랫동안 창피했다.
나만 왜 머리가 곱슬곱슬할까
누구는 내 성질이 고약할 것이라 하고
어떤 이는 사귈 수 없다고도 했다.

청년 시절엔 곱슬머리가 괜찮았다.
유별나고 특이해서 좋지 않느냐고
머리를 기르면 베토벤 머리가 되었다.
곱슬 아니면 내 언제 천재가 되어보나

언젠가 여학생들이 몇 번 물었다.
"교수님, 파마 어디서 하셨어요?"
나는 으스대며 "명동 Q미용실서 했지."
학생들이 믿는 것이 재미있었다.

나이 들어 머리가 희끗희끗해지자
꼬부라진 머리가 점점 펴져버리더니
이젠 아주 평범한 머리칼이 되어버렸다.
곱슬머리 전성기 시절이 그립기만 하네.

나의 바람개비

봄바람이여! 나의 바람개비여!
그대 따스한 바람은 나의 바람개비를 돌려
나라는 오래된 현악기를 연주하여
내가 아름다운 노래를 계속 부르게 해다오.

여름바람이여! 나의 바람개비여!
그대 뜨거운 바람은 나의 바람개비를 통하여
나를 홀연히 성령으로 인도하게 하고
나에게 다채로운 거룩한 춤을 추게 해다오.

가을바람이여! 나의 바람개비여!
오래 스산한 바람을 나의 바람개비 움직여
이 허수아비 노인에게 다시 꿈꾸게 해
내가 자주 웃는 어린아이가 되게 해다오.

겨울바람이여! 나의 바람개비여!
그대 차가운 바람이 나의 바람개비를 깨워
문풍지 틈새로 달리는 바람에 얼어붙은
내 몸이 노쇠해도 하늘 높게 날며 꿈꾸게 해다오.

나의 뜨거운 팝송 시대

60년대 초 영어 알파벳 맨 처음 배울 때
영어 가사 한 줄도 알아듣지도 못하면서
폴 앙카의 〈크레이지 러브〉 듣고 너무 좋았다.
그저 멜로디가 좋아서 흥얼흥얼 따라 불렀다.

엘비스 프레슬리의 〈러브 미 텐더〉 듣고 황홀해
먼 훗날 멤피스 그레이스랜드 두 번씩 가고
로큰롤을 만든 엘비스 전기 쓴다고 부산 떨고
서울 엘비스 뮤지엄, 2022년 엘비스 영화도 봤다.

한때는 〈예스터데이〉의 비틀스에 홀랑 빠져
대학 때 어울리던 기타 잘 치는 친구와 함께
내가 가사 쓰고 작곡은 딴 사람에 맡기자 하고
'더 미칩스'라는 새 보컬 그룹도 기획했다.

60년대 말 저항의 팝가수 밥 딜런에 매료되어
그 가사 어떤 영시보다 우수하다고 떠들며
2013년 잠실운동장 밥 딜런 공연회도 갔고,
2016년 노벨문학상 받을 때 나는 너무 기뻤다.

70년대 초 사이먼 앤 가펑클 듀엣에 넋을 잃어
좁은 하숙집에서 〈험한 세상에 다리가 되어〉를
〈권투 선수〉, 〈침묵의 소리〉, 〈엘 콘도르 파사〉를
20세기 최고 서정시라며 칭송하며 미친 듯 들었네.

90년대 중반 캐나다에서 샛별처럼 떠오른
여가수 셀린 디온의 노래 〈사랑의 힘〉에 빠져
하늘에서 내려온 목소리라고 열광하며
내 차에 카세트 걸어놓고 천 번은 들었으리.

내부 수리 중

어느 날 마음이 어수선해
혼자 있고 싶었다.
연구실 문에
써 붙여놓았다.
"내부 수리 중"

창밖 내다보니
저 아래서
한강이 부르고
북한산이 손짓한다.
저 멀리서

그런데
아직도 나는
남이 쓴 글만 읽으며
내 글은 못 쓰고 있으니!
골방에 앉아서 한숨 쉬며

연구실에서 뛰쳐나와

머리를 풀고 웃통을 벗고
나무, 구름, 들을 품으리!
강과 산을 안아보자!
바람을 타며 구름을 따라

'정 관장'의 눈물

중고교 때부터 나는 책이 너무 좋아
개가식 도서관에서 살다시피 하며
닥치는 대로 이 책 저 책 읽고 행복했다.

대학 때도 도서관이 그렇게도 좋았다.
하숙방에 빌린 책을 여기저기 깔아놓고
마구 읽었던 독서광은 부러운 것 없었다.

유학 때도 한국서 못 보던 책 하도 많아
도서관 책상에 책들 쌓아놓고 맘껏 뒤적이니
시간 끝나고 가야 할 때는 아쉽기만 했다

1970년대 초 청계천6가 중고 서점부터
미국, 영국, 호주의 대형 중고 서점에서
내 분수에 맞지 않은 매서광(買書狂) 된 책 바보

한때는 영문 고서 매입에 매달리기도 하고
국내 문예잡지 창간호 수집에 열 올렸으니
언젠가 고서와 창간호 전시회라도 열까

대학 재직 시 중앙도서관장 보직 맡으니
여지껏 내가 맡은 어떤 직책보다 자랑스러워
사람들이 여기저기서 '정 관장님' 불렀네

퇴임 때 만 권이 훌쩍 넘는 책과 헤어지자니
내 책을 줄 사람도, 받는 도서관도 없으니
한 애서가 책들 앞에서 한숨짓고 눈물 흘리네.

치매와 함께 살아가기

— 치매 치료제 '레켐비' 승인 소식을 듣고

100세 시대 최대 공포는 치매
건강 장수 시대의 기막힌 역설
치매 진단 검사 처음 만든 이도 치매 걸렸단다.

나도 언제 치매가 덮칠지 겁난다.
내 친구 배우자 치매 돌보다 먼저 죽었다.
언제 어디서 어떻게 닥칠지 모른다.

작은 건망증에서 선망(善忘)으로 이어져
집 도어록 번호도 가끔 헷갈리고
친구 얼굴도 잊으니 하늘의 뜻은 무엇인가.

치매 치료는 인지장애 발견에서 시작된다.
인간 인지 활동의 중추기관은 두뇌이다.
뇌과학의 발전은 인지 재활의 토대이다.

전두엽, 측두엽, 두정엽, 후두엽의
다양한 인지 활동의 범주가 서로 달라
뇌의 각 부분의 역할과 기능 차이 난단다.

검사로 개인차 있는 인지장애를 찾아
쪽집게처럼 꼭 집어 재활 훈련하면
완치는 없어도 서서히 좋아질 수 있단다.

노화는 자연적 과정이라 세월 따라가지만
노쇠는 내 몸과 마음 잘 조절할 수 있다네
생명은 하나님 주시지만 건강은 내가 지켜야.

나이 들어도 책 읽고 사색하고 글도 쓰고,
음악 듣고 그림 보며 친구들 만나 대화하고
이웃과 교제하며 치매와 함께 살련다.

제2부

엄마와 딸

엄마와 딸

모든 엄마는 딸이다.

딸은 엄마의 보편성을 가진다.
모든 딸은 엄마이다.
딸은 엄마의 지지자이다.
딸은 엄마의 말을 듣는 사람이다.
딸은 엄마의 희망이다.
딸은 엄마의 숫돌이다.
딸은 엄마라는 비파를 켜는 바람이다.
엄마와 딸은 내부의 적
고리를 끊어낼 수 없는
유일한 생명 공동체이다.

모든 딸은 엄마이다.

오래된 연필그림 한 장

오래전 읽은 책을 뒤적이다가
내가 끼워두었던 낯선 그림 한 장을 찾았다.
아아, 반갑고 놀라운 하나의 오로라여!

그것은 작은딸애가 어릴 때 연필로 그린 그림
나는 갑자기 타임머신을 타고
오래된 기억의 저수지 위로 날아갔다.

그 아이는 "이거 뭐야? 이거 뭐야?" 하며
나 닮아 작은 손으로 보는 것마다
이것저것 가리키며 물었던 어린 계집애였다.

지금은 중년의 어른이 되었지만
호기심이 지치지 않던 시절
생명력 넘치는 어린아이였다.

엄마, 아빠 직장 나가고 언니도 유아원 가고 나면
할머니랑 하루 종일 혼자 앉아서
두꺼운 만화책을 보고 읽던 외로운 아이

유아원 다닐 때부터
제법 그림을 그리더니
언젠가 그림대회 나가서

딱 한 번 갔던 창경원에서
본 기억으로 큰 상을 타고
할머니, 할아버지, 엄마, 아빠를 놀라게 했다.

한글도 일찍 깨쳐 유아원 졸업식 때 언니 오빠 제치고
졸업식 송사를 쭉 읽어 내려가서
모든 학부형들을 당황케 했다.

이 오래된 작은 연필그림 한 장은
잃어버린 시절을 다시 불러내
굳은살 박인 내 영혼에 새살 돋게 하네

그 어린 딸은 이제
대학에서 영화를 가르치고 학자가 되고
야심찬 노소녀(老小女)가 되었구나

그 연필그림은 과거를 되돌릴 수 없지만
썼던 글자를 지우고 다시 쓰는 양피지처럼
영원회귀로 날아가는 마법의 양탄자가 되는구나.

손자가 세상 온 날의 기도

어미 뱃속에 들어설 때부터
기대와 긴장 열 달 동안 채워주었다.
모든 가족에 기쁨과 설렘을 주니
이것으로 너는 이미 부모에게 효도한 셈이다.

어미를 마지막에 그렇게 힘들게 하더니
결국 울지도 않고 세상에 나왔구나
예수님이 준비해주신 예준이
이 세상에 온 것을 축하하고 환영한다.

교육과 훈육의 재갈이 물리기 전에
새벽 같은 어린 시절을 잘 먹고 맘껏 뛰면서
별 탈 없이 양처럼 마냥 크거라
예수님의 어린이로 숲속 나무처럼 자라거라

잘할 수 있고 하고 싶은 일을 하며
건강하게 이웃 사랑하고 세상에 도움 주고
색깔 있고 향기 나는 사람으로 살아가기를
나는 무릎 꿇고 두 손 모아 소리쳐 기도 드린다.

수박 자르기

우선 큰 칼로
잘 익은 달 같은 수박을 반으로 쪼개고
그것을 다시 반으로
그리고 또 그것을 반으로
마음속으로는 수박 주스를 벌써 마시며

그러곤 작은 칼로
조그만 토막이 되게 잘라놓는다
두 그릇에 갖다 대고
작은 토막으로 떨어트린다
시원하고 다디단 꿀떡을 생각하며

한 그릇은 우리 먹고
한 그릇은 손주네가 먹고
수박 껍질을 잘게 썰어두었다가
물 생기면 화초에도 주는
무더운 여름날을 날려 보내버리며

삶은 달걀 껍질 벗기기

타원형의 예쁜 달걀
달걀 삶는 것은 아주 쉽다.
껍질 벗기기는 매우 어렵네.

소금 넣어 삶아보고
식초 넣어 삶아보아도
껍질 벗기기는 여전히 어렵네.

어느 날 아내가 가르쳐준 대로
삶은 달걀을 꼭꼭 눌러
작은 주름 여러 개 만들었네.

손톱이 아니라 엄지 손
옆으로 살살 비벼대니
껍질이 술술 잘도 벗겨지네.

아내의 큐 코드* 연주를 들으며

60여 년 전 초등 때 아내는 바이올린 배우려
비싼 악기까지 구했으나 끝내 좌절하고
중년에는 피아노를 배우며 좋아하였고
나이 들어선 하모니카 불고 즐거워하더니

코로나 팬데믹 전부터 처음 보는 악기
큐 코드 배우기 시작해 자주 연습하니
음색이 이색적이고 여운이 참 감미롭구나.
피아노, 바이올린, 하프와는 음색이 아주 다르다.

아내가 거실에서 연주하는 큐 코드 소리
나는 서재에서 책 읽으며 조용히 듣는다.
한국 가곡, 찬송가, 복음성가 소리 다 좋다.
옛 선비는 왼손에 책을, 오른손엔 거문고를

공자님도 선비에게 음악은 필수라 하시며
인성(人性)을 가꾸는 데는 악교(樂敎)가 제일이니
오늘도 아내 손끝에서 나오는 큐 코드 소리는
사람과 기계가 만드는 신기한 전자 하프 음악

아내는 지금까지 과분하게도 가난한 나에게
책 쌓아놓고 원고지 늘어놓을 공간을 주고
내 맘대로 꿈꾸며 글 쓰는 시간도 허락하더니
이젠 새 음악으로 새 몽상까지 펼쳐주는구나.

* 큐 코드 : 작은 전자 하프.

어쩌면 그럴 수도

어떤 문인 모임에서
단체 사진을 찍었다.
가족 카톡으로 보냈다.
하던 대로

아내가 예리하게
곧바로 지적하기를
할미꽃들에 둘러싸였네.
글쎄요.

난 대답하기를
앗! 언제 할마시들이
그렇게 모였지.
못 말렸네.

큰 딸은
그저
이모티콘과 함께
하하하하

작은 딸은
아빠가 꽃이고
벌들이 모여들었네.
<u>호호호호</u>.

내 머리 하얗게 세어
할배꽃인 줄 알고
나비들이 모였나?
어쩌면 그럴 수도.

어느 날 아침 준비

하루에 한 끼는 책임지기 위해
나는 아침식사를 만들기 시작했다.

우선 달걀을 삶거나 반숙하거나
우유를 듬뿍 넣고 참치 넣고 찜도 만든다.

과일도 깎아놓고 당근도 잘라놓는다.
두 분 김치찌개도 끓여 덜어놓는다.

밥은 데워놓고 김 준비하고
멸치볶음과 깻잎 꺼내놓는다.

아내 좋아하는 명이나물 꺼내
식탁 위에 놓으면 아침 준비 끝이다.

뜨거운 물로 구대회커피를 내리니
하루가 감사와 기쁨으로 시작된다.

제3부

피천득 산책로에서

성춘향 평전

아직도 어두웠던 조선 반도에
계몽의 빛이 어스름이 비쳐올 때
전라도 남원에 살았던 아리따운 어린 소녀
성춘향은 이몽룡과 걸린 사랑병

기생 어미의 딸 또한 천민
낮과 밤처럼 분명한 양반과 상놈
춘향은 신분제도의 지옥문을 부수고 나와
어린 여인이 들어 올린 계급 타파의 횃불

남존여비, 삼종지의, 칠거지악
가부장제 쇠사슬의 한가운데에서
소녀 춘향은 불길처럼 피어오는
조선 반도 최초의 페미니스트

야만으로 가득 찬 엄혹한 역사 속에서
춘향은 조선의 암흑을 헤치고
이성과 평등의 근대의 빛을 뿌리고
이 도령과 이룬 아름다운 사랑

하여지향(何如之鄕)*

회사 같은 사회를 살면서도
나무는 즐겁다고 하던
시인은 왜 그리 일찍 가버렸을까?

어떤 이들에게는 평화를 베풀었고
또 어떤 이에게는 위안을 주었고
다른 이들에게는 한숨 돌리게 되었을까?

그러나 남 몰래 눈물을 훔치며
커다란 슬픔을 남기고 갔다는
사람들이 더 많이 있었음이 틀림없으리라

남반구 이국 땅에서 그를 다시 읽는다
"정정호 형에게" 하고 써준 책을
이제야 문물(文物) 타작을 하기 위해서

관악산 캠퍼스에서 시인의 강의가 생각난다
니체가 독일어로 아직도 읽힌다며
어린애처럼 좋아하던 그 모습도 떠오른다

가스통 바슐라르의 『불의 정신분석』을 같이 읽으며
시인은 학생들과 강의실에서
모두 하나가 되기도 했다

그의 장지에서 흘린 눈물이
메마른 후에도 왜 나의 슬픔은
더욱더 커지는 것일까?

아아, 문물(文物)을 타작하다
말고 훌쩍 가버린 사람
그 많은 추수는 누가 하라고

송욱은 기인(奇人)이라고
지금도 가볍게 무시하기에는
너무나 위험한 인물이시라

* 시인이며 영문학 교수였던 고(故) 송욱(宋稶, 1925~1980)의 시집(1961) 제목

우보(于步)* 선생

— 탄생 100주년을 맞으며

참을 수 없는 무더위 때문에
당신은 동해 바다로 나가셨다가
행복한 산호가 되셨습니다

제 결혼식 주례사를 미리 읽으시면서
내 앞에서 연습하시던
당신이 많이 그립습니다

당신이 차갑게 누워 계시던 큰 병원에서
알지 못하는 사람들에 둘러싸여
나는 울었습니다

관악산 캠퍼스에서 글을 쓰시면
언제나 저보고 먼저 읽어보시라던
당신이 미웠습니다

당신을 잊고 있던 어느 날
사람들이 당신을 마구 이야기했습니다
나는 화를 벌컥 내고 또다시 울었습니다

나를 데리고 시내 나가실 때,
이제 당신 없는 종로 길에서,
훨씬 앞장서 가시는 당신을 따라갔지요

당신이 40여 년 전에 보스턴에서 보내주셨던
너새니얼 호손의 생가 그림 있는
카드를 다시 보니 눈물이 고일 뿐입니다

이제야 내 마음속에서
저는 당신을 마음 놓고
영영 보내드리겠습니다

편하게 웃으시며 잠드소서
당신이 오래전 청량대 캠퍼스 강의 시간에서
읽어주시던 벤저민 프랭클린처럼 울지 않으렵니다

* 서울대 영문학과 명예교수였던 고(故) 장왕록(1924~1994) 교수의 아호.

응시자*

새까만 눈동자를 동그랗게
깜빡이며 세상을 응시하시다가

“수많은 가슴 사이 가로막힌
그 두터운 벽이 헐리듯
가슴속에 차고 넘쳐서 미칠 듯이
소리치는 종(種), 종소리……”**

헐리는 집들을 지키려다가
피를 토하시고
다른 사람들을 위해
더러워지는 공기를 많이 마신 시인

젊은이들의 무례와 치기를
웃음으로 참아버리시며
김현승과 예이츠를 좋아한 시인
돈벌이나 유행을 멀리하신 시인

당신이 주신 시집들을 뒤늦게 매만지면서
당신의 잔잔한 미소의 뜻을
진작 읽어내지 못한
나 자신이 너무나 미워집니다

“우리는 오늘날 침묵의 웅덩이나 고요의 바다 속에
그냥 가라앉아버릴 수 없으며
비록 불화음(不和音)에 가득 차
뒤숭거릴지라도 어떤 살아 있는 것,
움직이는 것들이 이루는 〈소리의 숲〉이 언젠가는
가장 어울리는 가지들로
제 무게를 찾을 수 있기를 바라는 것이다”***

이제 저세상에서 담배를 깊게 태우시면서
당신은 마음껏 시를 쓰시겠지요
저도 이제 당신이 그랬던 것처럼
나 자신과 세상을 제대로 응시하겠습니다

새까만 눈동자를 동그랗게

깜빡이며 세상을 응시하며

* 고(故) 윤삼하(尹三夏, 1935~1995) 시인의 첫 시집(1965) 제목. 또 동명의 시 제목.

** 이 구절은 그의 시 「벽(壁)」에서 가져온 것이다.

*** 이 구절은 그의 시집 『소리의 숲』의 머리말에서 가져온 것이다.

순간에서 영원으로

어느 날 오래된 친구들이 함께 모여 왁자지껄
떠드는 시끄러운 말들과 웃는 몸짓들이
풀잎 맺힌 이슬처럼 사라진 순간이지만

지상의 사소하고 작은 순간들이라도
온통 창공으로 계속 날아 올라간다면
밤하늘의 별들이 되어 영원히 반짝이네

땅에서 하찮게 사라지는 웃음의 순간들이 모두
장대한 은하수 밭에 보석처럼 파묻히어
하늘에선 영원으로 거듭나 신비하게 빛나리

지성에서 영성으로

— 회심(回心)한 시인 이어령이 세상을 떠나다

이어령은 한국 현대 지성사와 문단사에서
다면체적 무지개 같은 사람.
수십 권의 책들을 시대에 맞추어 펴내
우리를 놀라게 하고 질투하게 만들었다.

생의 끝자락에서 말년의 양식으로
이어령은 마침내 시인이 되었다.
『어느 무신론자의 기도』는 신앙 고백시이다.
결국 성령이 그를 이끌었던 것이리라.

이어령은 죽음의 침상에서 마지막으로
죽음을 독수리처럼 응시하였다 한다.
시인으로 죽음과 담대하게 대결하였을까.
회심한 기독교인으로 좁은 문을 보았을까.

자신보다 먼저 떠난 사랑하는 딸
이민아 목사를 그리워하면서 쓴 유고시집
『헌팅턴 비치에 가면 네가 있을까』가 나왔다
무신론자들에게 확고한 믿음을 남겼다.

이어령은 유고시집에서 고백하였다.
"네가 갈 길을 지금 내가 간다.
그곳은 아마도 너도 나도 모르는 영혼의 길일 것이다.
그것은 하나님의 것이지 우리 것이 아니다."*

시대를 관통하고 풍미했던 지성인 이어령이
나하고 대담 약속까지 잡아놓고 그냥 가셨다.
죽음의 문턱에서 그가 본 것은 무엇이었을까.
영생으로 이어지는 구원의 길이었을까.

이어령은 자비 없는 사실보다
사랑이 넘치는 진실을 보았다.
진실한 것이 아름답고
아름다운 것이 진실하다고 뜨겁게 느꼈으리라.

* 이 구절은 유고시집의 '서문'에서 가져온 것이다.

왜 그입니까?

— 김명복 교수의 빈소에서

그는
언제나 미소 지으며
푸른 하늘을 바라봅니다

글로써
강의로써
번역으로
기도로

그는
책 욕심 외에는
치악산 정기를 품은
청신한 바람처럼
원주 매지리 캠퍼스의
진짜 시인이었습니다.

하늘이시여!
더럽고 서투른 저는
아직 살려주시면서

부끄러워하는 깨끗한
그는 왜 데려가십니까?

딸 그림, 아들 두 명
장혜연 사모님의 앞날에
자비와 평강을 허락하소서

이제 부디 고이 잠드시고
영원한 안식 누리소서

왜 지금 여기서 퍼시 비시 셸리인가?

— 서거 200주기를 보내며

나는 어째서 이국 땅 이탈리아에서 아주 젊어 죽은
영국 낭만주의 시대 천재 시인 셸리를
오늘 이 자리에서 애도하고 추모하는가.

셸리는 최고의 이상주의 서정시인이었고
19세기 초 유럽이 시민사회로 진입하면서
민주화에 역행하는 정치적 억압에 저항하였다.

이양하는 셸리의 「탄식 소리」를 직접 들었고
셸리의 「서풍의 노래」 읽고 함석헌은 깨어났고
피천득은 「종달새에게」 읽고 수필 「종달새」 썼다.

내가 셸리의 이름을 오늘 다시 불러내는 것은
21세기가 그의 시와 사상이 절대 필요하기 때문
그 이상주의와 평화사상은 유일한 대안이다.

셸리의 시대 19세기 초나 21세기 초나 똑같다.
세계는 자본 패권주의와 전제주의가 판치니
각종 전쟁과 분쟁이 지구에서 그칠 날이 없다.

셸리의 산업화 초기처럼 우리의 후기 산업시대는
환경생태적 감수성이 거의 사라져가고 있다
셸리의 녹색의 상상력 회복만이 우리가 살 길이다.

급진적 자유주의자 셸리는 무엇을 꿈꾸었나
최고의 시극 『해방된 프로메테우스』에서
그는 모든 억압에서의 해방과 사랑을 노래했다.

시 「사랑의 철학」에서 셸리는 울부짖으며
반목과 증오로 점철된 인간의 문명사회에서
서로 공감과 용서로 하나가 되라고 간청했다.

셸리는 일찍 죽었지만 나는 낼 모레 80이다
나는 셸리의 시와 사상에서 무엇을 건지려는가
삶과 사회에 소극적 저항이 나의 말년의 양식이다.

피천득 산책로에서

서울 고속버스터미널에서 이수교 사거리 쪽으로
피천득 산책로가 있다. 반포천변에 2018년에 만들어진

산책로 변에 선생님의 시와 수필이 보인다
선생의 실물 크기의 좌상도 앉아 계시다. 산책로 가운데

나는 가끔 선생의 옆에 조용히 앉아
말씀하시던 때를 떠올린다. 살아 계실 때처럼

선생님은 날 보고 여러 번 말씀하셨다.
"우리나라에서 영국의
닥터 존슨과 같은
대비평가가 없단 말이야."

이 말씀이 내 마음을 사로잡아 기어이
나는 닥터 존슨을 공부하였다. 영국과 미국으로 가서

그러나 그 무엇보다도 잊을 수 없는 건
그 웃음소리이시다. 선생님의 그 봄바람 같은

그 청아한 웃음소리 아직 귀에 쟁쟁하다
정신을 다시 차리고 다시 바라본다. 다소곳이 선생님을

생명력 넘치는 그 웃음소리는 타고 넘어간다.
일제강점기와 6 · 25전쟁의 황폐한 시대를

망국민의 상처와 천애 고아의 외로움 속에서
춤추고 있다. 비극적 환희의 웃음이

바로크 헨델

어느 날 바로크 시대 연주하던
악기로 음악 들으니 새로운 세계
고전주의와 낭만주의 음악을
듣던 나에게 하나의 청신한 충격

무겁고 장중한 분위기 벗어나
음색이 경쾌하고 순수함마저 넘치는
본질적이고 거룩하다고나 할까
여지껏 나는 왜 바로크 악기를 몰랐던가

신비스러운 미지의 세계의 문턱에서
나는 옷깃을 여미며 다짐한다
바로크의 음악에서 그동안 숨어 있던
내 영혼의 일부를 찾아 온전해지자고

그동안 안으로 잠겼던 바로크 세계
이제 천천히 빗장을 풀고자 하니
흥분과 함께 크게 떠오르는 천재 있으니
독일 태생으로 이태리에서도 공부한 대음악가

서양음악의 어머니 게오르크 헨델은
18세기 근대화와 산업화가 앞섰던 나라
영국으로 귀화하여 새로운 삶을 시작했네
독일 출신 영국 왕의 후원으로 새 음악을 꿈꾸었네

런던은 초기 자본주의로 도시화가 앞섰던 곳
중산층이 형성되고 음악 욕구가 충일했던 곳
헨델은 새 관객을 만나 새 음악을 만들었다
〈수상음악〉, 〈왕궁의 불꽃놀이〉가 그 시작이다

헨델은 영국에서 저무는 오페라를 떠나
새로운 멋진 신세계 오라토리오로 들어가
음악적 재능을 맘껏 부리니 〈할렐루야〉가 나오고
〈장사 삼손〉, 〈입다〉, 〈솔로몬〉 연이어 성공했네

놀랍게 헨델은 자기 음악의 가사로
런던 관객을 위해 밀턴, 드라이든, 포프 등
영국 대시인들의 시들을 번안 사용하여
〈알렉산더의 향연〉 등이 세상에 처음 나왔네

일생 독신으로 지내며 자신의 음악 판권을
자선단체 병원이나 가난한 사람들 위해 쓰니
독일의 중후한 사색과 영국의 발랄한 행동이
헨델의 새 바로크 음악으로 활짝 꽃피었네

제4부

청량대 연가

홍예문(虹霓門)

인천광역시 중구 송학동 2가 20
자유공원이 있는 응봉산
신포로와 동인천을 이어주고
중구와 제물포구가 만나는 길에
홍예문의 역사가 시작되었다

러일전쟁 후 1906년 터널 뚫기 시작됐다
공사에 동원된 조선인 노무자들이
곡괭이 메고 거대한 암벽을 부수며 쌓아
높이 13미터, 폭 7미터의 화강암석 문이 되니
구멍문이라는 혈문(穴門)이라 불렀지만
많은 피를 흘려 혈문(血門)으로도 불렸다

1961년 그 후 60년이 지난 뒤
자유공원 아래 내가 다니던 중학교 때
이 아름다운 아치문 아래를 달렸다
옛날 송도까지 뛰어갔다 되돌아오는
인천중학교, 제물포고등학교의 단축 마라톤

교문을 출발하여 홍예문 지나 송학동 뛰어내려가
옛 송도를 돌아 두 시간 후 이 언덕을 올라
이 아치문을 넘어올 때는 거의 죽음이었다
이 단축 마라톤은 그 이후 내 삶의 표어가 되었다
인생이란 천천히 그러나 끈질기게

2020년, 그 후 다시 거의 60년이 또 지났다
70이 넘어 백발 된 노구를 이끌고 홍예문을 다시 찾는다.
120년 전의 거친 돌로 홍예문을 만들 때 숨겨진 신음 소리
60년 전 어린 시절 아마추어 마라토너들의 거친 숨소리
지금은 나이 들어 힘든 숨소리 모두 하나가 된다.

저기 멀리 월미도가 보인다
나는 천천히 걸으며 1883년 제물포 개항 이래 일제강점기
한반도 최초로 철도가 시작되었고
하와이 이민선이 처음 출발했고
6 · 25 인천 상륙작전과 한국의 산업화와 민주화의
민족 근현대사를 품고 있으니

홍예문은 2002년에 인천 유형문화재 제49호 되어
그 우아한 자태를 계속 뽐낸
홍예문 위에서 서해 바다를 바라다보면
오래된 제물포항을 기억에서 찾아내
이 아름다운 홍예문에 다시 펼쳐놓는다.

홍예문은
내 어린 시절의 꿈을 품은
영원한 내 마음의 돌 무지개이다
내가 세상에서 사라져버려도
이 아름다운 홍예문은 영원할 테니
나도 이 홍예문과 함께 영원하기를

청량대(淸涼臺) 연가

아주 먼 옛날에는
어진 임금님들이
고생하는 백성들을 위해
농사 잘 되게 해달라고
깨끗한 옷을 입고 엎드려
하늘에 제사를 지내던
선농단(先農壇)*

깊은 여름밤에
갈 곳 없는 고학생이
구멍 난 가방 베개 삼고
벤치를 요로 삼고
은하수 이불 덮고
별들과 이야기하다
잠이 들어버리곤 했다.

꿈속에 나타나신
자상한 임금님은
더러운 거지 왕자에게
귀하신 공주님을 보내주시니

이것이 꿈인지 생시인지
안절부절못하다가
풀벌레 소리에 깨어난다

그러나 30년이 지난 지금은
선농단 역사문화관이 들어서 있다
이렇게 유서 깊은 곳에서
그 옛날 여러 해 여름날을
나는 가난한 대학생으로
청량대 동산 의자 위에서
눈물로 지새며 몇 날을 잤던가?

내 영혼이 한때 깃들었던 곳
젊음을 불태우던 곳
금아 피천득 선생을 만난 곳
삐걱거리는 복도와 낡은 강의실……
김종필 씨가 지어준 깨끗한 합동 연구실

지금은 모두 다 사라져버렸다
나의 삶의 일부도 삭제되어버렸다

1972년 4월 14일 오후
학교 앞을 지나가던 박정희 씨가
대학 캠퍼스 안까지 구둣발로 차고 들어와
유신독재 반대 데모하던 학생들
모두 잡아들이라고 명령한 곳
동대문경찰서에서 이를 갈며
지낸 저녁 시간들이 아직도 머뭇거리고 있다.

그러나 그때 꿈에서 만난
그 선녀(仙女)와 함께 살고 있으니
청량대는 믿음의 도반(道伴)을
만나게 해준 천국에서 내려온
사다리가 시작되는 곳
요셉이 하나님과 씨름하던 곳.
청량대는 내가 하나님께 떼를 부린 곳.

* 서울시 동대문구 제기동 274-1번지에 1975년까지 서울대학교 사범대학이 있었던 곳이다. 조선시대에는 풍년을 기원하는 제(祭)를 올렸던 곳(대한민국 사적 제436호)이다.

블루 사파이어

한여름 날 새벽
뒤뜰에 나가보니
블루 사파이어가 줄지어 피어 있다

벌들이 벌써
블루 사파이어 봉오리에
여기저기 올라가 일하고 있다

호주 아열대의 무더위
가벼운 미풍에 간혹 간들거리기는 하지만
블루 사파이어는 한마디 불평 없다

코발트색 높고 깊은 하늘은
그저 내 마음을 위해
서늘하고 푸르른 향기를 내려보니 작은 위안이다

우룰루의 최후의 만찬

— 호주 토착 원주민 사만사 워틀록의 그림을 보고

시드니 조지스트리트 445번지
퀸빅토리아 빌딩 쇼핑센터 2층
하늘과 땅 갤러리

호주 대륙의 한가운데 배꼽 우룰루
(어브리진*들은 세계-우주의 중심이라고 생각했다)
거대한 붉은 바위 뒤로하고
사라져가는 자신들의 땅 위에서
호주의 주민 토착 원주민들이
큰 테이블 앞에 앉았다.

에뮤
도마뱀
코알라
오리너구리
공작
거북이
카카두 새
캥거루
태스매니언 데블

모두 함께 있다.

그들 사이에
한 나이 든 어브리진이 앉았다.

그는 묻는다
"왜" 우리는 이 땅에서 외지인(백인)들에게
소 떼와 양 떼와 말 떼를 넘겨주어야만 하는가?

바로 그때
백인들에 의해 멸종당한 해
1932년에 마지막으로 죽은
태스매니안 타이거가 우룰루 위로 승천하고 있다.

억압과 착취와 개발의 식민지 신화가 없는
온갖 생물의 다양한 지구 생명공동체로
만물이 서로 평화롭게 공생하는 지속 가능한 세상으로

* 호주의 토착 원주민을 부르는 이름.

뉴질랜드 내피어의 해맞이

태평양을 가로질러
페루까지
작은 섬 하나 없어
거침없이 올라오는
태양과 구름이 아침부터
술래잡기 놀이를 하네

구름도
이내
붉은 핏빛이 되어서 물러나고
핏덩어리가 솟구쳐 오르니
이내
빨간 불덩이가 되네

나는
가냘픈 꽃 한 송이 꺾어
이 거대한 용광로에 집어던지네.
핏빛 번지듯
새 아침이 신비롭게
솟구쳐 오르네.

밴더빌트대학 방문기

미국 동부에 하버드대학이
그리고 서부에 스탠퍼드가 있다면
남부엔 밴더빌트대학이 있다

19세기 말 스탠퍼드 부부는
아들이 하버드에 다니다 죽자
하버드 총장 찾아가
대학 건물을 지어줄까 했는데
신통치 않은 반응 나오자
서부 캘리포니아주 북부에
명문 스탠퍼드를 세워 서부의 하버드가 되었다

19세기 말 남부의 철도 재벌
밴더빌트가 하버드대학에
발전기금을 내고자 했으나
남부 출신이라 무시하자
남부 테네시주 내슈빌에
명문 밴더빌트를 세워 남부의 하버드가 되었다

내슈빌 시내 밴더빌트대학에 직접 가보니
고풍스러운 캠퍼스가 마음에 든다
의학, 경영학 특히 교육학이 유명하단다
한국의 많은 교육학자들도 이곳
피바디 사범대학에서 공부했다

1930~40년대 미국의 신비평을
대표하는 학자 시인들인
R.S. 크레인과 로버트 워런 등이
이곳 영문학과에서 가르치고 연구했던
유서 깊은 대학이다

영문학 공부하는 나는
중앙도서관에 가서
그들 손수 쓴 원고를 복사하며
미국 남부의 농촌의 농부파 문학운동을 구성했다
역사의 한 장을 장식한
그들을 추모한다

나는 1970년대 대학과 대학원 다닐 때
이들이 수립해놓은 문학비평 이론인
뉴크리티시즘을 공부해
지금까지 문학 텍스트를 읽는
가장 기본적인 분석 기술과 해석 방법으로 채택했다.
내가 이 대학은 방문하는 것은
너무 때늦은 것이 아닌가?

몽생미셸 앞에 서서

오래전 헨리 애덤스의 책을 읽다
“처녀”와 “발전기”란 말이 눈에 띄었다

발전기란 근대화와 자본주의 상업문화가
세계의 발전 신화를 가속화하며 바꾸었다

세속화와 물질문명에 버티기 위하여
작가 애덤스는 근대 이전의 거룩함을 표상하는

성스럽고 종교적인 상징으로
프랑스의 “나의 성 마이클 사원”을 지목했다

바닷가에 외로이 우뚝 솟은 몽생미셸
구름 사이로 멀리서 보니 더욱 신비로운 자태

썰물 때는 우리가 걸어서 들어가지만
밀물 때는 갈 길 끊기니 멀리서 바라볼 뿐

속된 세상과 구별되고 격리된 몽생미셸인

연약한 처녀가 강력한 발전기를 이길 수 있을까

요즘같이 발전기만 중시되는 자본주의 과학 시대에
거룩한 처녀가 영성을 회복시켰으면

지베르니 정원에서

인상파 모네를 오래전부터 좋아했지만
피천득 선생이 좋아하신다 해 더 좋았다

2013년 여름 어느 날 파리에서 버스 타고
한 시간 반 남서쪽 가니 말년에 모네가 살던 집

그저 집만이 아니라 큰 연못 있는 꽃 정원
지베르니에 내가 그림에서 보던 수련들

나는 벌써 모네의 수련 그림 속에 있다
연못 위 작은 다리 위에서 내가 산책하는가

안채로 들어가 모네 작업실 둘러보니
첫눈에 띈 것은 벽에 걸린 일본 판화들

19세기 말 일본 그림이 인상파에 영향 주어
동서양 예술이 교융(交融)하니 나쁜 일은 아니나

어쩐지 내 입맛이 떨떠름하니 웬일이냐

한국문화가 서양에 끼친 것은 무엇일까

왜 서양 사람들이 일본 것에 매료될까
씁쓸한 마음으로 지베르니 떠나지만

모네 그림 아주 즐겨 보시던 피천득 선생과
나에게 모네와 지베르니 정원은 영원하리라

밧모섬 동굴에서의 기도

그리스 밀레토스에서 60킬로 떨어진
에게해 바다 위에 떠 있는
사방 16킬로와 10킬로의 작은 섬
터키에서 더 가깝지만 그리스 영토

터키의 밀레토스에서
배로 한 시간 반 달려오니
꿈꾸던 밧모섬에 다다랐다
곧장 다다른 섬의 꼭대기 동굴

사도 요한이 이곳으로
1세기 말 로마 황제 도미티아누스에게
정치범으로 이 섬에 유배되었다
예수의 복음을 전파했다는 죄목

바울이 이 어둑지고 축축한 동굴에서
1년 반 동안 무릎 꿇고 기도하면서 써낸
성경 66권의 마지막 책 요한계시록
세계 묵시문학의 최고봉

이 동굴에서 쓰여진 마지막 책은
앞으로 새로운 세상에 대한 계시이다
요한이 본 것은 무엇인가?
유배 생활의 고난과 환상

언제나 광포하고 황폐한 절망의 시대에
이 계시록의 저자는 보았고 믿었다
예수의 재림으로 죽음, 슬픔, 울음, 고통이 보여준
새 시대와 역사의 비전

우리에게 다시 오신 예수님은
세상의 모든 압제자를 멸하고
모든 유혹자와 적그리스도를 물리치고
만드실 새 땅과 새 하늘

예수님 말씀에 온전히 신실한 자들만이
마지막 축복을 받을 것이며
이 경고를 무시하는 무지한 사람들은
이를 갈리라. 천국의 문밖에서

우리 모두 다시 오실 예수님을
경배하고 믿으며 구세주를 기다리자
“아멘 주 예수여 오시옵소서. 주 예수의 은혜가
모든 자들에게 있을지어다, 아멘”

제5부

혀의 불꽃놀이

읽기의 에로학

시 읽기는 관능적이다.
하얀 종이 위에 깔려 있는
작은 까만 글자들을
응시하다가

그 글자들은 살아 움직이는
몸이 되어
뜨겁게 다가온다.
더듬고 만지고

문장들을
부둥켜안고 애무하니
주제니 기교니
다 헛된 것이로다.

무너지는 언어의 사원

옛날 옛적에
말과 사물이 신비롭게
연결되었다고 굳게 믿었다
말에는 신의 의지가 들어 있다고까지 믿었다
(솟아라 솟아라 솟아라 바벨탑아)

그러다
언제부터인가
말은 기호의 짜임으로 만들어진 것이지
말과 사물은
신의 개입 없이도 살아가는
아무렇게나 연결된다고 생각하기 시작했다
(무너진다 무너진다 무너진다 성수대교가)

그러다 보니
자꾸 미끄러져서 바뀌니
옛날 옛적 말과 사물과의 안정된 관계는 무너진다
행복한 시절은 다 사라져가는가?
(쓰러진다 쓰러진다 쓰러진다 삼풍백화점이)

말로 시작되는
모든 우리의 정신활동과
의미 구성의 원리가 약해지고
모든 근대 학문들과 심지어 과학까지도
밑바닥 뿌리부터 흔들린다
(끊어진다, 끊어진다, 끊어진다, 존재의 커다란 고리가)

전복의 미학
— 9개의 단상(斷想)

실재는 언어에 의해
재현되는 것이 아니다
오로지 구성될 뿐이다

언어는 가치중립적이 아니고
이미 언제 어디서나
정치화되어 있다

진리는 절대적, 확고하지 않으며
다만 잠정적이고 우연적이며
항상 상황 의존적이다

인간성은 시공간을 초월하여
변하지 않고 항구적이라는 말은
믿고 싶은 허구일 뿐이다

주체는 고정 불변하지 않으며
사회와 역사 속에서 재구성되며
끊임없이 해체되고 미끄러진다

지식은 객관적
사회 해방을 지향하나
사회 통제의 수단이 되기 쉽다

의미는 결코 고정적이 아니며
이미 잠정적이고 애매하고
언제나 불확정적이다

창작은 전혀 새로운 것을
만들어내는 것이 아니라
모방과 편집의 결과이다

비평은 해석만 하는
부차적 작업만이 결코 아니고
언제나 독자의 창작이기도 하다

말의 저주

언제나
말을 하는 기쁨과
말을 듣는 행복은
잠시뿐

말을
아끼다가
오해를 사고
음흉한 사람이 되고

말을
많이 쓰다가
첫 진실은
슬그머니 새어 나가고

말의
씨앗에
재앙이 피어나고
비극의 열매가 열린다

말의
가시에
찔려
피 흘리고 고통받는다

혀의 불꽃놀이

세 치밖에 안 된다는 혀는
불꽃처럼 날름거리며 타오른다
칭찬보다 욕설을
축복보다 저주를

혀를 즐기는 우리의 육신
몸이 세운 비석일까
아니 혀의 뿌리는 우리의 마음
마음이 세운 기념비일까?

혀의 근원은 마음보다
훨씬 높은 감지하기 어려운 곳
영계까지 맞닿아 있을 듯
나의 영혼을 정결케 하옵소서

지옥불처럼 날름거리는
영혼에서 혀까지는 순간이나
혀에서 영혼까지 길은 멀다
혀에 고삐를 어찌 채울까

어쩌면
혀의 불꽃놀이는
지옥의 평강을 위해
힘차게 움직일 것이다.

말은 몰라도

선량하다는 개념도 없이
그저 착하고

검소하다는 말은 모르고
그저 아끼고

오만의 말뜻도 잃어버리고
그저 겸손하고

순수를 배우지 않고
그저 범박하게

어지러운 세상에서 우리가
그저 있는 그대로 살 수만 있다면!
말과 개념과 도덕을 몰라도

텍스트 이론

텍스트는 하나의 행위이고
하나의 생산이며 경험이다.

텍스트는 기표라는 무한 차원의
나선형의 곡예이다.

텍스트는 의미가 고정되지 않고
다층적이고 상호침투적이다.

텍스트는 소비의 대상이 아니라
유희이고, 활동이며 과정이다.

텍스트는 무엇보다도
기쁘고 즐거운 놀이터이다.

몸으로 시쓰기

— 엘렌 식수를 읽고

이성과 논리에 저항하여
원초적 비밀을
몸으로 표현하기 위하여

뾰족한 펜 끝으로
종이 위에 잉크를 흘리는
페니스적 글쓰기가 아닌

전신을 성감대로 보아
전신을 애무하는
키보드의 춤추는 글쓰기

명징한 두뇌가 아닌
끈끈한 점액질의
처녀막적 글쓰기

말의 씨앗을 잉태하여
창조를 실현하는
상상력의 비옥한 자궁이여

몸은 역사를 타작하면서
역사의 열매를 거두는
꿈과 상상력의 발전소

삼라만상의 원초적 교감
한지 위에 먹물처럼 번지는
양피지에 쓴 기억의 저수지

화선지 위 부드러운 붓으로
먹물 먹여가며 그리는 시
몸으로 시쓰기의 극치

몽상
— 오래된 메모장을 뒤적이며

아, 내가 그때 이런 것도 적어놓았네
어쭈, 이런 기특한 생각도 했네

오래된 메모장 사이를 배회하면서
또 다른 잡스러운 상념에 빠지네

메모장엔 사유의 단편들 가득하고
사산(死産)된 생각의 파편들이 뒹구는 곳

나는 합리주의자 되기에는 너무 센티멘털해
감상에 빠지기는 너무나 생각이 만연체야

나는 논리와 감성 사이에서 서성이며
이미 언제나 숨이 가쁘다.

제6부

시간 사냥

소리의 흔적

먼 곳의 뱃고동 소리
가까운 곳의 기적 소리
잃어버린 시간으로 들어가는 틈새들

시간과 공간이 하나 되는
먼 곳의 천둥소리
가까운 곳의 나무 피리 소리

소리는 나선형 속에서
뫼비우스의 띠처럼
시간과 공간이 흥청대고

서로 공진(共振)하면서
새로운 소리의 흔적을
차곡차곡 쌓고 있다.

십구공탄의 불춤

— 화석연료의 슬픈 노래

무섭도록 조용하게
엉겁의 세월을
땅속에서만 살던
엄청난 흑색 진주들이
좋다고 따라 들어오는
사람들에게 쫓기다
밖으로 끌려 나왔다.

아아
이를 어쩌나

철마로 어디론가 옮겨지고
넓은 마당에
한참 비 맞고 있다가
시끄러운 기계에
열아홉 개의 구멍이 뚫려
단아한 모습으로
우리 집 부엌으로 왔다.

아아
이를 어쩌나

하늘빛 혀를 날름거리며
고혹의 불춤을 추면서
붉은 정열은
뜨거운 독소가 되어
귀엽고 예쁘던
옆집 순이를
땅속으로 아주 데리고 갔구나

아아
이를 어쩌나

누워서 책 읽기

작은 책이나 시집은
두 손 팔로 책 들고 누워서 소리 내어 읽는다
여백을 채울 수 없는 것이 흠이다

두꺼운 책이나 어려운 책은
두 팔로 받치고 엎드려 읽는다
가끔 여백에 낙서도 한다

왼쪽으로 누워 비스듬히 책 읽기
오른쪽으로 누워 비스듬히 책 읽기
좌우의 느낌이 아주 다르다

침대나 돗자리 바닥에서 누워 책 읽기는
책상 위에 책 펴 의자 위의 책 읽기보다
행간의 의미를 놓치지 않는다

등 대고 머리를 눕히고 있으니
허리도 척추도 안정되고
내장도 심장도 위장도 모두 평안하다

무엇보다도 누워서 책 읽기는
태어날 때와 죽을 때의 자세로
읽기의 상상력을 맘껏 펼쳐서 좋구나

가장 먼 곳

세상에서 가장 먼 곳은

아마도

내 머리에서 가슴 사이가 아닐까?

완전하지 않은 이성과 지식을 떠나

사랑과 공감이 뜨겁게 넘치는 곳으로 가는 길은

얼마나 서로 멀리 떨어져 있는가!

세상에서 또 가장 먼 곳은

아마도

머리와 가슴에서 손과 발 사이 아닐까?

머리에서 사유하고 가슴에서 느낀 것을

손과 발을 움직여 실행하는 것이

얼마나 서로 멀리 떨어져 있는가?

인간 조롱, 그 후

이 광대한 대우주의 한 켠에
태양계라는 작은 뜨거운 별 주위를 도는
지구에서 잠시 살다 가는
사라져버릴 인간 버러지들이여!

자신들이 지구의 주인인 양 거들먹거리며
우주의 신비를 캐내겠다는 오만을 떨며
온갖 웃기는 짓거리를 벌이는
진흙 덩어리 인간 쓰레기여!

생명의 기원조차 제대로 모르면서
꽥꽥거리며 못된 짓 다 벌이며 악취 풍기다가
결국 힘없이 버둥거리며
사라지는 인간 구더기들이여!

우주의 신비를 조용히 바라보며
그래도 참되고 착한 것 느끼는 무리가 있어
서로 손을 붙잡고 흐르는 눈물 닦아주는
겸손하고 따스한 인간 동물들이여!

종이비행기

땅거미가 일어날 무렵
시(詩)를 긁적이던
구겨진 종이로 비행기 접어
어린 소년처럼
뒷산에 달려 올라
낮과 밤의 신비한 중간 지대
저녁노을 속으로
힘껏 날려 보낼 수 있었으면

붉은 노을빛이
종이비행기에 채색되어
부서지기 쉬운 영혼을 태우고
나의 몸과 마음은
온통 갈색 물감이 배어
현실을 탈주하며 전율하며
어둠 속으로 솟아올라
은하수 별밭까지 날 수 있었으면

종이비행기는 낮과 밤의

무게를 모두 받쳐 들고

시간을 타고 넘어

공간을 무단 횡단하여

영원의 순간을 떼어 가지고

사라지기 쉬운 에피파니처럼

아니. 나비가 된 장자처럼

내 마음속에 잠시나마 뜰 수 있었으면

다시 부채질을 시작하며
— 휴대용 전천후 수동식 선풍기 '부채' 예찬론

요즘은 부채라는 용품의 이름마저도
잊을 정도로 부채를 거의 찾지 않는다.
예전의 그 운치는 다 어디론가 가버렸다.

젊은이들에게는 전지 손선풍기가 대세다
노인들의 부채질하는 모습도 보기 어렵다
나에게는 친구가 오래전에 만들어준 부채가 있다.

자주 부채를 펼쳐 계속 부채질해본다
온난화를 지나 열대화하는 폭염 속에서
작은 손부채가 큰 역할을 할 수는 없다!

선풍기와 에어컨에 어디 비할 수 있겠는가
그러나 내가 계속 부채를 고집하는 이유는
내가 겪는 무더위는 바로 내가 감당하고 싶다.

함부로 전기 많이 잡아먹는 기계들이 싫고
우매한 인간의 지칠 줄 모르는 욕망 때문에
지구 생명 공동체는 절대적 이상기후 위기에 놓였다.

아직도 우리는 개발 논리와 발전 신화에 빠져
과다한 탄소 배출은 이미 통제력을 잃은 지 오래고
지구라는 행성에서 인간 미래는 불투명하다!

자연은 생태계 교란으로 지속 가능성을 잃었다.
계속되는 이상기후 현상들은 각종 재앙들을
강력 경고하지만 우리는 이미 무감각해져버렸다.

서예가인 내 친구가 부채에 써준 『중용』의
첫 장을 읽으면서 부채질하면 더 시원하다
내가 내 손을 움직여 부채질하니 운동도 된다.

전기 조금이라도 아껴 에너지도 절약되고
이 작은 노력들이 여기 저기서 함께 모이면
환경 생태의 절대 위기 해소에 작지만 도움된다!

자연이 나에게 바람을 보내주지 않을 때
나는 부채질을 나만을 위해 하지 않는다
아내도 부쳐주고 손자 녀석에게도 한다

나는 부채질 계속하면서도 일할 수 있다
나는 오른손잡이니까 왼손으로 부치고
오른손으로 책장 넘기고 글도 쓸 수 있다

부채질이 또 좋은 것은 시공간의 제약이 없다
나의 부채질은 에너지 소비의 아주 작은 실천
이젠 정말 사소한 일부터 시작해야 될 때가 되었다!

제7부

나무 되기

금수산의 아기 흑염소

충주호 저 아래 내려다보이는
금수산 자락을 이른 새벽 올라가는데
윤기 흐르는 새까만 어린 흑염소 한 마리
계속 내 뒤를 졸졸 따라온다.

어! 이 녀석이 나하고 놀자는 것인가?
녀석은 몸을 이리저리 꼬며
나의 주의를 끌어내려 애쓴다.
나는 그저 묵묵히 걸어 올라간다.

급기야 그 녀석은 나의 신발을
살짝 건드리며 나를 떠본다.
나는 박절하게 그 녀석을 떼어낸다.
나의 딴청에도 녀석은 끈질기게 치근댄다.

이럴 때는 어떡해야 하는가?
이 깊고 조용한 산속에 얼마나 외로울까
산책 나온 아기 흑염소와 잠시 놀아주지 못하는
동물도 사람도 아닌 나는 과연 무엇인가

동물원 풍경

동물원 동물들
철창 속에 갇혀
인간의 포로가 되어
야생의 들판을 꿈꾸지만

매일매일
찾아오는
인간 동물들이
재미있어

철장 넘어
철창 없는
인간 동물원이
하도 우스워서

어차피
철창 안이건
밖이건
모두 동물원인 것을

언젠가
모든 동물들은 모두
철창 없는 자연에서
같이 살아야지

새들과 대화

앞산이 바라다보이는
고층 아파트 베란다 밖 화분대에
우리 부부는 새 먹이통을 세워놓았다.

콩과 곡식들을 통에 넣어두었다.
까치와 까마귀가 찾아와 먹는다.
가끔 이름 모를 새들도 날아온다.

우리는 마음이 따뜻해졌다.
새들도 혹 같은 마음일까?
새들과 우리는 소통할 수 있을까?

어떤 때는 까치 두 마리가 와서
먹이통 위에서 무슨 이야기를 하는지
자기들끼리 수다를 떨기도 한다.

하루는 베란다에 나가보니
새똥 같은 것이 화분대 위
모이통에 가지런히 놓여 있었다.

"어, 이 녀석들이 똥을 싸놓았나."
그러나 그것은 콩들이었다
"왜 안 먹고 골라놓았을까?"

"어르신, 콩은 나에겐 커서 먹지 못하니
다른 새들이 혹 먹을지 몰라
버리지 않고 따로 골라놓았어요"

"아, 기특하고 신통해라!
녀석들이 그렇게 생각이 깊을 줄이야!"
드디어 새들과 우리는 소통이 시작된 것인가?

이후로는 콩보다는 잡곡을 더 주었다.
서로 언어는 없이도 지구 생명 공동체는
이렇게 서로 통하는 것이 아닌가?

도솔산* 입구에서

도솔산 계곡물과 서해 바닷물이
아우러지는 물굽이
상큼한 선운사 골바람을
받으며 살아가는 풍천장어

이 고장 산딸기로 만든 과일주
정력에 아주 좋다는 강장제
사기 요강을 깨뜨린다는
『동의보감』에 나오는 고창 복분자주

천마봉을 바라보며
송악을 병풍을 둘러치고
풍천장어 안주 삼아
복분자주 들이켜네 홀짝홀짝

언제 갈거나 도솔암은
언제 읽을거나 미당 서정주 시비는
언제 올라갈거나 낙조대는

언제 볼거나 동백꽃밭은

* 도솔산은 전라북도 고창군 아산면에 있는 산으로 선운사(禪雲寺)가 있다. 선운사 가는 길목에 시인 미당 서정주의 시비가 있다.

오대산의 깊은 밤

어느 날
깊은 밤에

오대산
중턱에 올라
하늘 바다 속의
눈부신
별을
내 마음에 담아두니
나는
또 다른
별빛이 되었네

그래도
남은
별빛을 차에 싣고
밤새도록
달려 내려와
내 거처에

뿌리니
온 집안은
환한
별밭이 되었네

어느 날
깊은 밤에

나무 되기

— 저항은 생존이다

태곳적부터 내려오는
나무를 베어 목재로 만드는 사람들을 향하여
나무를 껴안고 저항한다

수액은 끈끈하고
나무의 체온의 따스하다
나무의 원초적 내음에 취한다

나는 나의 밖으로 나온다
나는 금세 나무가 된다
잎사귀, 가지, 줄기, 뿌리

나무도 또한 내가 된다
머리가 팔이 다리가 발이
내가 나무인가? 나무가 나인가?

나무가 된 나는 보존하려 감싼다
나무 껴안기는 나를 껴안는 것이다
서로 껴안기는 결국 숲이 된다

모두 하나가 된다
나무와 나는 푸른 숲을 꿈꾸며
나는 나무와 함께 즐겁다

반려식물

햇볕 잘 드는 베란다
화초를 데려다
물 주며 가꾼 지
벌써 20년

사계절 밤낮 그저
잘 자라고 자주
예쁜 꽃 피우니
고맙고 신기하고 기특해

깜빡 잊고 물 안 주면
화초는 풀이 죽는다
물을 천천히 부어주면
금세 웃음으로 피어난다

햇볕 받고 자라는 화초들은
탄소 빨아들여 산소 내뿜고
모든 생명의 뿌리인
탄수화물을 만든다

말로 소통하기 전에

우선 만져주고 닦아주고

그저 사랑스럽게 바라보니

이제 서로 대화도 멀지 않으리

산과 나

상자처럼 작은 방
창호지 문을 활짝 열고
산과 마주 대하고 앉았다.

산은 처음부터
산이었고 나는 나였고
그저 서먹서먹할 뿐이었다.

우리는 이렇게
오랫동안 서로 바라보면서도
아무 말을 하지 않았다.

나보다도 산이
먼저 나에게 말한 것 같은데
나는 알아들을 수 없었다.

나도 산에게
무언가 얘기해보고 싶어
이리저리 몸을 흔들어볼 뿐이다.

석양이 산등성이를
지나갈 때까지도 우리는
서로 그저 바라보기만 했다.

밤이 되자
우리는 더욱더 멀어짐을 느끼고
자리를 뜰까도 생각하고 있었다.

이때 이윽고 산이
몸체를 흔들며 말을 걸기 시작했다.
아마 꿈속은 아니겠지

슈퍼 열대야

2023년 여름은 내 75년을 살면서 가장 무덥다.
낮에 33도 이상 올라가도 참을 수 있지만
밤에 25도 열대야라 쉽게 잠 못 이루니

노인은 체력이 떨어져 더위도 못 견딘다.
해외에도 보면 무더위로 죽는 사람들은
모두 가난하거나 노쇠한 사람들이라

올해가 가장 시원한 마지막 해라니 웬 말이냐
기후 이상 변화로 매년 더 온도가 올라가는 것은
인간이 과다하게 탄소 배출을 해대고 있으니

앞으로 지질학적으로 지구의 운명을
결정하는 것이 이제는 인간 동물이어서
우리 시대 인류세(人類世)라 새로 부르게 되었으니

지난 300여 년간 인간은 근대문명이라는
새로운 임무에 매몰되어 만물 생명 공동체
지구는 생태적으로 급속히 교란되었다.

엄청난 탄소 배출로 인한 기후 변화는
삼라만상의 살림터인 유일한 지구에
가뭄, 대홍수, 해수면 상승을 가져오고

폭염, 산불, 열대야, 엘니뇨가 일상화되어
기후 재앙들을 앞으로 어찌할 것인가
인간의 탐욕이 지구의 종말을 재촉하니

인류세는 지구에 대한 무한 책임 요구하나
인간은 아직도 절체절명의 탄소 제로에
어느 나라도 못 들은 척하니 어쩌란 말이냐

오늘 밤도 새벽까지 25도가 넘어버려
고통스러운 야간 폭염에 잠 못 이루니
지구 종말 이끄는 인류세의 저주가 아닌가.

바람이 말한 것

안 가던 길을 걷다가
이름 모를 들꽃을 보았다

따다 내 방에 가져다 둘까 하는데
지나가던 바람이 속삭인다

"방에 두면 며칠 못 가
시들고 썩어버리지 않을까요?"

바람 말을 듣기를 참 잘했다
들꽃은 그대로 자연의 품에 안겨 있어야지

내 마음속 들꽃은 아직도 날 위해선가
바람 따라 가끔 향기가 날려보내준다

제8부

사냥개에 쫓기던 나는

빨간 지붕 교회

6 · 25전쟁 중 아버지는 군대에 나가시고
이리저리 엄마와 피난 다니다
종전이 아니고 휴전이 되어
우리 가족은 다시 만나 인천 주안에 정착했다.

주안은 붉을 주(朱)와 평안 안(安)이다.
내가 초등학교 입학하기도 전
우리 집 근처 낮은 보리밭 언덕 위에는
빨간 지붕의 십자가 달린 작은 교회가 있었다.

성탄절에 친구들과 함께
탄일종이 땡땡땡을 목놓아 불렀다.
찬송가 〈주의 친절한 팔에 안기세〉를 배워
지금까지 나의 영원한 찬송가가 되었다.

6 · 25전쟁 후 가난과 좌절의 고난 속에서도
나는 지붕이 빨간 교회에서 한없는 평강을 느꼈다.
하나님은 이미 나를 "주 안에서" 안아주셨다.
나는 주님의 친절한 팔에 안기며 살아왔다.

물수제비 뜨기 놀이

어린 시절 나는 제물포 바닷가에 살았다.
바닷가 염전 근처 저수지가 있어
친구들과 때로는 혼자 그곳으로 갔다.
작은 돌멩이들 주워 저수지로 비스듬히 날렸다.

내가 함부로 내던진 돌멩이가
저수지 수면 위로 통통 튀기면서
미끄러져 계속 달려나갔다.
언젠가 나는 네 번까지 튀긴 것을 보았다.

그 어린 시절 나는 알지 못했다.
내가 던진 돌멩이는 베드로가 아닐까
로마에서 십자가에 거꾸로 매달려 순교한
베드로의 이름의 뜻 바위가 아니던가

저수지 물 위를 뛰어나가는 나의 돌멩이는
갈릴리 호수 위로 걸으신 예수님이 아닐까?
내 어린 시절 놀이터 제물포 바닷가 저수지에서
나는 이천 년 전 역사적 예수님을 갈망하였을까?

내가 집어던진 돌멩이는 베드로가 되고
물 위를 걸어가시는 예수님이 되었다.
그러나 그때 나는 아무것도 몰랐다네
아, 이 모든 것은 하나님이 하신 일임을

얼마 동안

— 호주 브리즈번시 근교 웰링턴 포인트, 1997년 4월 어느 부활주일날

하늘은 맑고
태양은 따갑다
마을은 한가롭다
어느새 몸은 가벼웠다
얼마 동안

하늘이 꾸물거리고
천둥이 울리고
먹구름이 몰려온다
어느새 번개가 작열한다
얼마 동안

툭툭 떨어지는
빗자락은 어느새
굵은 물줄기로 변하고
차창을 쉴 새 없이 휘갈긴다
얼마 동안

커다란 빗방울은

어느새
우박으로 변하여
세상을 사정없이 두드리며 때려댄다
얼마 동안

세상은
어느새 갑자기
온통 지옥인가
공포를 넘어선다
얼마 동안

그러다 어느새
서쪽에서 검은 구름의
옆구리가 터지면서
놀랍게도 햇빛이 솟아난다
얼마 동안

어느새
동쪽 하늘에

놀라운 무지개가 걸린다
아주 선명하게
얼마 동안

어느새
다른 무지개가
옆자리에 나타나
나란히 쌍무지개를 이룬다
얼마 동안

무지개 반대편에
또 다른 무지개를 만들어
어느새 반원을 그리며
거대한 홍예문이 생겨난다
얼마 동안

거룩한 기쁨이 넘치며
나의 언어는 소멸된다
어느새 세상은 천국이 되었나?

아니 천국의 계시인가?
얼마 동안

창조와 종말의 계시가
가로질러
어느새 지옥과 천국이
겹쳐지는
얼마 동안

공포와 기쁨의 의식을
넘어서는
쌍무지개 뜨던 날에 홀연히
어느새 또 다른 부활을 보네
얼마 동안

룻 이야기

지독한 유대 가부장제 체제하에서
쓰여진 장중한 구약에서도
그 한가운데 이방 여성 룻의
이야기가 등장하는 게 보통 일이 아니다

성경의 많은 여인들 중
룻이 유대 신앙의 역사에서 한 일은
단순한 기적이 아니라
하나님의 장대한 계획이시리라

자기 땅에서 남편마저 죽었으나
시어머니 나오미의 만류도 뿌리치고
남편의 고향 땅으로 함께 돌아가니
갸륵한 일인가 아니 어리석은 일인가

시어머니 모시고 자기에겐 이방신인
여호와 하나님을 마음속에 받아들이고
남편 형제와 다시 결혼해 아들 얻으니
구세주 예수의 선조 되는 큰 영광을 받았네

룻은 유대 역사 아니 인간 역사 전체에서
다른 민족과 첫 결합을 이루니
반목과 대립의 시대 선민 의식으로 무장한
유대 역사에 최초의 놀라운 화합을 이루었네

이방 땅 출신 보잘것없는 여인 룻은
이제 기독교 역사에 우뚝 솟아
아직도 다투고 싸우는 후대에 아름다운 전범 만드니
사랑과 화해의 표본으로 영원히 남으리

하늘 기도

Ⅰ.

밝게 갠 어느 날
한 대낮에
목을 뒤로 젖히고
맑은 하늘을 바라보고
눈을 크게 뜨고 기도한다
하나님을 직접 뵐까 하고

파란 하늘 아래
흰 구름이 둥둥 떠다니고
가끔 이름 모르는 새들이
떼 지어 지나간다

아! 하나님은 이미 언제나
내 가슴속에 와 계셨다!
"천국은 네 안에 있다"

Ⅱ.

달이 없는 어느 날
한밤중에
목을 뒤로 젖히고
눈을 크게 뜨고
밤하늘을 바라보며 기도한다
하나님을 직접 뵐까 하고

검은 하늘 위에
구름 사이로 저 먼 곳에서
은하수 별밭에서
별들이 속삭인다

아! 하나님은 이미 언제나
내 마음 안에 와 계셨다!
"천국은 네 안에 있다"

나의 수염같이

— 죽은 몸에서도 수염이 며칠간은 자란다는 말을 듣고

나의 영성도
나의 수염같이 매일 자라게 하소서

나이가 일흔이 넘어도
나의 수염은 여지없이 매일 살아 오른다

하루 이틀 단식하여도
나의 수염은 쓸데없이 매일 자라 오른다

내 수염은 깎아 쓸어버려도
매일매일 자라 다시 돌아온다

나의 믿음도
나의 수염같이 매일 자라나게 하소서

사냥개에 쫓기던 나는

나는 하나님 감시와 눈길을 피해 다니지만
내 자신 진실로 자유롭다고 느끼진 못했다

나는 무서운 공의의 하나님께 붙들려
내 영혼이 간섭받고 감시당하기 싫었다

나는 숱한 구실을 대며 그를 외면하고
몰래 도망다니며 내 몸대로 살았다

나는 어느 날 내 뒤를 언제나 따라다니는
결코 포기할 줄 모르는 사냥개를 따돌렸다

나는 사랑의 하나님 사냥개에 결국 잡혔다
이전의 나 버리고 하나님의 진리를 받았다

나는 성육신하신 성삼위 예수님 복음의
말씀으로 진실로 진실로 진정한 자유를 얻었다.

어느 날 나의 이름이

부모님이 내가 태어나자
좋은 이름을 지어주셨다
"바르고" "넓게" 살라고
정호(正浩)라고 부르셨다.

나의 이름은 뜻도 좋고
남이 부르기도 어렵지 않고
나도 별로 깊이 생각하지 않고
70년 이상을 간직하고 살았다.

어느 날 나의 이름이 낯설었다.
올바르고 정직하게 정의롭게
나는 과연 살아왔던가
진정으로 바르고 넓게 살았나

정의롭고 호연지기로 비루한 시대에
사는 것이 얼마나 어려운 일인가?
결코 그렇게 살지 못했다는 자괴감에
나의 전 존재가 한꺼번에 후들거렸다.

"공의와 사랑의 하나님"으로 시작하는
내 기도를 드리던 어느 날
나는 크게 놀랐다 한순간
내 이름이 공의와 사랑이지 않은가

성삼위 하나님께서 부모님 훨씬 이전에
내 이름을 정호라고 예정하셨는가?
—나는 순간 무릎 꿇고 엎디어 소리쳤다
"주여, 내 이름대로 살 수 있게 은혜 주소서!"

순례자

부모님은 북한 함경도 출신
8 · 15해방 직후 남쪽으로 내려온
원조 탈북민, 초기 북한 이탈 주민
나는 그 후손, "함경도 찌꺼기"

나는 고향 있는 친구들을 부러워하며
고향 없는 신세를 한탄하는 피난민
나는 실향민들이 모여든 제물포 그곳을
고향으로 섬기던 "상냥한 사람"

그 후 나는 오래전 내가 사는 곳이면
비루한 시대 속에서 겨우 지내면서
그 어디든 고향으로 삼기 시작했다.
누가 말한 나는 이미 "강한 인간"

어느날 나는 모든 곳은 타향으로 정했다.
본향을 향한 갈망은 나를 순례자로 만들었다.
소극적 저항하는 주변부 타자로 남아
누군가 그렇게 불렀던 "완벽한 자"

시인의 말

시는 시인이 개성을 표현하는 것이 아니라 개성을 소멸시키는 것이라는 말이 있다.

나는 시인 개인의 경험과 정서에만 집중하는 시를 쓰는 것보다 넓은 의미의 사물, 행위, 사람, 역사, 제도, 용어, 사건, 장소, 자연, 동식물 등을 단지 말하거나 설명하는 것에 그치지 않고 포괄적으로 그 소재들을 객관적으로 제시하고 보여주고 싶다. 우리 시대의 사람과 사물과 사건과 사유를 타작하며 드러내는 것이다. 물론 시 쓰는 개인의 감정이나 정서에서 완전히 자유로울 수는 없으리라.

시는 본질적으로 읊거나 노래하는 음악성, 즉 음율을 고려해야 한다. 이를 위해 완전한 자유시보다는 어떤 음율을 가질 수 있게 넓은 의미의 정형시를 시도한다. 시의 행수를 일치시킨다든지 가령 한 연이 2행, 3행, 4행 또는 그 이상으로 만들 수도 있다. 시행의 어미를 조정하고 맞추기도 한다. 전통적인 한국 가락인 3 · 3조, 4 · 4조를 사용하는 것은 물론이다. 할 수만 있다면 두운, 모운 등을 사용하기도 하고 산문시와 장시도 시도한다. 필요하다면 다양한 시적 수사법을 펼쳐보고 싶지만 아직은 내공이 많이 부족하다.

나는 앞으로 나의 시를 좀 더 내용과 형식 면에서 쇄신, 확장시키고 싶다. 내용과 주제면에서 철학, 사회, 예술, 종교의 내용과 용어를 과감하게 도입하는 관념시, 이론시까지로 확장시키고 싶다. 양식과 형식 면에서 구체시를 포함하는 모양시, 소리시, 글자체 변용 등도 시도하고 싶다. 이렇게 해서 언어의 시적 가능성을 극대화시키는 실험적 시도도 할 것이다. 인용으로만 된 시, 즉 집고시(集古詩)도 가능할 것이다.

적어도 나는 내가 오랫동안 알고 있었던 주류 문단 바깥의 주변부 타자로 지내고 싶다. 신고전주의 감수성으로 통념적인 낭만주의 시를 비껴가고 싶다. 나는 지금 문지방에서 있다. 시를 지금까지 편안하게 읽어왔던 일부 독자들에게 당혹감과 불쾌감을 줄 수 있을지 모르겠다. 21세기 4차 산업혁명 시대의 디지털 상상력과 쇄신의 인공지능(AI) 시대의 챗GPT과도 대화도 불가피하리라. 인공지능의 힘을 빌려 문자시에 소리, 그림과 동영상까지도 함께 춤출 수 있을까? 앞으로 챗GPT가 써낸 시들과 대결하면서 인간만의 독창성과 창작성을 담보해낼 수 있는 시와 시학은 어떻게 준비해야 할까?

나는 야만의 역사와 황폐한 시대에 이마 위에 얼음을 얹고 가슴에 숯불을 품고 뛰지 않고 조용히 걸으리라.

2023년이 저물 무렵

정정호

마음 비석에 새긴 노래

정정호 시집